21 primos

Por Diane de Anda

Ilustrado por Isabel Muñoz

STAR BRIGHT BOOKS

CAMBRIDGE MASSACHUSETTS

Translated by Eida Del Risco.

Spanish Paperback ISBN-13: 978-1-59572-923-1
Star Bright Books / MA / 00104210
Printed in China / Toppan / 9 8 7 6 5 4 3 2 1

Printed on paper from sustainable forests.

Library of Congress Cataloging-in-Publication Data

Names: De Anda, Diane, author. Muñoz, Isabel, illustrator.
Title: 21 cousins / by Diane de Anda ; illustrated by Isabel Muñoz.
Other titles: Twenty-one cousins
Description: Cambridge, Massachusetts : Star Bright Books, [2021]
    Audience: Ages 4-8. Audience: Grades K-1. Summary: Siblings
    Alejandro and Sofia celebrate their rich Latinx and mestizo heritage, as
    well as the traits that make each of their cousins unique, when they
    gather for a special family reunion. Spanish words and their meanings
    are interspersed in the text.
Identifiers: LCCN 2020046299 ISBN 9781595729156 (hardcover) ISBN
    9781595729163 (paperback) ISBN 9781595729231 (paperback)
Subjects: CYAC: Cousins--Fiction. Family reunions--Fiction. Latin
    Americans--Fiction. Mestizos--Fiction. Racially mixed
    people--Fiction.
Classification: LCC PZ7.D3474 Aah 2021 DDC [E]--dc23
LC record available at https://lccn.loc.gov/2020046299

Para mi maravillosamente diversa familia, que me enseñó que el amor viene en todos los colores. —Diane de Anda

A mis primos Agus y Gonzalo: ya sabéis que sois como hermanos. ¡Os quiero! —Isabel Muñoz

Abuelo Pedro
y Abuela María   1953

Rosa María y Juanita '55

Abuelo Juan y Abuela Marta

Este es el álbum de fotos de nuestra familia. Está lleno de retratos de abuelos, padres, tías, tíos y 21 primos. Nuestra mamá y nuestro papá tienen cada uno un hermano y dos hermanas, y ellos también tienen hijos. Por eso, todos somos primos.

Somos una familia latina. En las familias latinas a un primo carnal se le llama primo hermano o prima hermana, porque es como si fuera un tipo especial de hermano o hermana.

Recuerdo de tío Roberto

Tío Agustín

Tía Paula 1988

Nuestra familia es mestiza, lo que significa que somos una mezcla de personas y culturas: indígenas de México, españoles y franceses, entre otros. Por eso tenemos rasgos diferentes aunque seamos de la misma familia, nuestra familia. Ven a conocer a nuestros primos y primas.

Este es nuestro primo Enrique. Lo llamamos Kiki. Tiene piernas largas y fuertes, y quiere competir en las Olimpiadas. Se afeita la cabeza para sentir más fresco cuando corre.

A nuestra prima Elena la llamamos "güera" porque tiene una piel color crema de leche que se broncea en verano cuando le da el sol. Sabe leer y escribir en inglés y en español, y quiere enseñar en ambos idiomas cuando crezca.

Tony y su hermana Tonia tienen el pelo castaño oscuro y en rizos apretados. Tony lo lleva muy corto porque así no le molesta cuando juega fútbol. Mide casi seis pies, y tiene el pecho ancho y los brazos grandes y redondos porque levanta pesas.

Tonia también es alta y le gusta jugar baloncesto. Puede colar la pelota en el aro desde el otro lado de la cancha. Cuando juega, se ata el pelo en una cola de caballo rizada.

Teresa tiene el pelo negro, lacio y brillante. Su pelo brinca con ella cuando salta la cuerda. Ella canta rimas en inglés y en español mientras salta. Teresa es morena, es decir, tiene la piel del color de la leche con chocolate. Luce bonita con su vestido turquesa que hace que su piel resplandezca.

Hay dos bebés en la familia. Miguel es calvo, y se ríe con una gran sonrisa desdentada cuando le decimos en broma "pelón". Ricky tiene el pelo negro y sedoso, y un solo diente. Ambos tienen cuerpos redonditos como los osos de peluche. Cuando crezcan, seguramente serán los mejores amigos del mundo.

Marta y Connie están en la secundaria. Ambas se pintan las cejas en hermosos arcos sobre sus ojos. El pelo negro de Marta es corto y puntiagudo.

El largo pelo negro de Connie le cae por la espalda. Ella dibuja líneas oscuras alrededor de sus ojos almendrados. Dice que luce como una princesa azteca.

Beto tiene 8 años y va a una clase especial en la escuela. Tiene síndrome de Down. A veces necesita que lo ayudemos. Casi siempre nos divertimos jugando o comiendo nuestro helado favorito, el de dulce de leche.

Rudy y Rafael son casi idénticos, pues son gemelos. A veces uno crece más que el otro, pero luego este lo alcanza y lo sobrepasa. Ambos son buenos jugadores de béisbol. Rudy es lanzador y Rafael juega el campo corto.

Martina es pequeña para su edad. Mamá dice que es "petite". La llamamos Tinita. Practica gimnástica y puede hacer un montón de ejercicios en las barras. Cuando salta en las barras, toda la familia se pone de pie y aplaude fuerte.

María es la mayor de los primos. Parece adulta, y se peina el cabello de color caoba en un moño alto porque es lo más rápido y fácil. Ahora que va a la universidad no tiene tiempo para dedicarle a los peinados.

Gonzalo es el más grande de los primos más jóvenes. Tiene 11 años, y pesaba más de 150 libras. Ha perdido mucho peso haciendo ejercicios y una dieta especial que le puso el doctor para que no cogiera una enfermedad que se llama diabetes. Cuando nos reunimos, comemos fruta de postre.

Rubén tiene 15 años y lleva el pelo largo, al igual que todos los miembros de su banda. Tiene el pelo ondeado, y los tirabuzones que le caen en la cara parecen muellecitos. Cuando toca la batería y mueve la cabeza, todos los muellecitos rebotan de arriba hacia abajo.

El apodo de Catalina es Chata, porque tiene una bonita nariz pequeña. Tiene ojos verdes y pelo castaño claro, y se lo peina en trenzas. Quiere ser bailarina. Sólo tiene 8 años y ya sabe bailar hip-hop, salsa, ballet y también con castañuelas.

Mario tiene 17 años y es quien arregla todas las computadoras de la familia. Le gusta jugar con sus amigos en la computadora, sobre todo juegos de magos, dragones y otras criaturas. Por lo general se visten de negro. Mario se afeita los lados de la cabeza y se pone gel en el resto del pelo para que se erice.

Maricela es muy inteligente. Sabe deletrear palabras en español y en inglés. Este año ganó el concurso de ortografía de tercer grado. Todos aplaudimos cuando rodó por la rampa a recoger el trofeo. Su foto salió en el periódico. Sonreía, con su pelo lacio y negro peinado en dos coletas, y sus ojos castaños llenos de felicidad.

Yo soy Alejandro, y tengo los ojos y el pelo de color del refresco "root beer". Me peino hacia un lado, pero el pelo me cuelga cuando me pongo de cabeza en las barras del parque. Mis primos me dicen "payaso" porque siempre estoy haciendo cosas para que la gente se ría.

Yo soy Sofía, y mis ojos de color café tienen puntitos verdes. En otoño e invierno paso mucho tiempo dentro de casa, por eso mi cara luce más clara, y mi pelo más oscuro. En primavera y verano estoy todo el día al sol con mi equipo de natación juvenil. Por eso mi pelo se aclara y mi piel se pone color caramelo. Así que puedo lucir de diferentes maneras y seguir siendo yo misma.

¡Los 21 primos se reúnen para darle la bienvenida a la prima número 22, Bebé Cristina! Estamos contentos de ser similares y a la vez ser diferentes de muchas maneras. Pero, sobre todo, estamos felices de ser iguales en una cosa: ser una familia, nuestra familia.